SOIS TOI-MÊME!

TODD PARR

Texte français de Fanny Thuillier

SCHOLASTIC

Chère lectrice, cher lecteur,

Durant mon enfance dans une petite ville du Wyoming, je me suis toujours senti à part. Je n'avais aucun intérêt pour les sports contrairement aux autres enfants. Sur ma photo de classe de quatrième année, je porte une cravate toute faite et des lunettes de soleil violettes. Je pensais que ça me donnait un air cool, mais j'étais le seul à le penser. J'avais des difficultés à lire et à apprendre en général. Je passais le plus clair de mes journées à essayer de m'intégrer et de ressembler à tout le monde. J'ai mis longtemps à me rendre compte qu'il était bien plus simple et bien plus agréable D'ÊTRE MOI-MÊME.

Avec amour,
Todd

Catalogage avant publication de Bibliothèque et Archives Canada

Parr, Todd
[Be who you are. Français]
Sois toi-même! / Todd Parr, auteur et illustrateur ; texte français de Fanny Thuillier.

Traduction de: Be who you are.
ISBN 978-1-4431-6947-9 (couverture rigide)

I. Titre. II. Titre: Be who you are. Français.

PZ23.P373So 2018   j813'.54   C2018-901081-9

Édition publiée par les Éditions Scholastic, 604, rue King Ouest, Toronto (Ontario) M5V 1E1 avec la permission de Little, Brown and Company.

5 4 3 2 1   Imprimé en Malaisie 108   18 19 20 21 22

Les illustrations de ce livre ont été réalisées à l'aide d'une tablette graphique et d'un iMac. Les lignes noires ont d'abord été tracées et la couleur a été ajoutée avec le logiciel Adobe Photoshop.

Conception graphique de la couverture : Jen Keenan et Vikki Sheatsley

Sois toi-même!

Peu importe ton âge,

peu importe la couleur de ta peau...

porte ce dont tu as besoin
pour être toi-même.

Utilise tes propres mots.

Apprends à ta façon.

Sois fier de tes origines.

Compose ta propre famille.

Sois rigolo.

Sois courageux.

Danse!

Joue!

Découvre!

Apprends!

Lis!

Partage tes émotions.

Heureux

Énervé

Triste

Espiègle

Effrayé

Fier

Essaie de nouvelles choses.

Sois sûr de toi.

Tiens tête!

Sois énergique.

Sois paisible.

Fais de ton mieux.

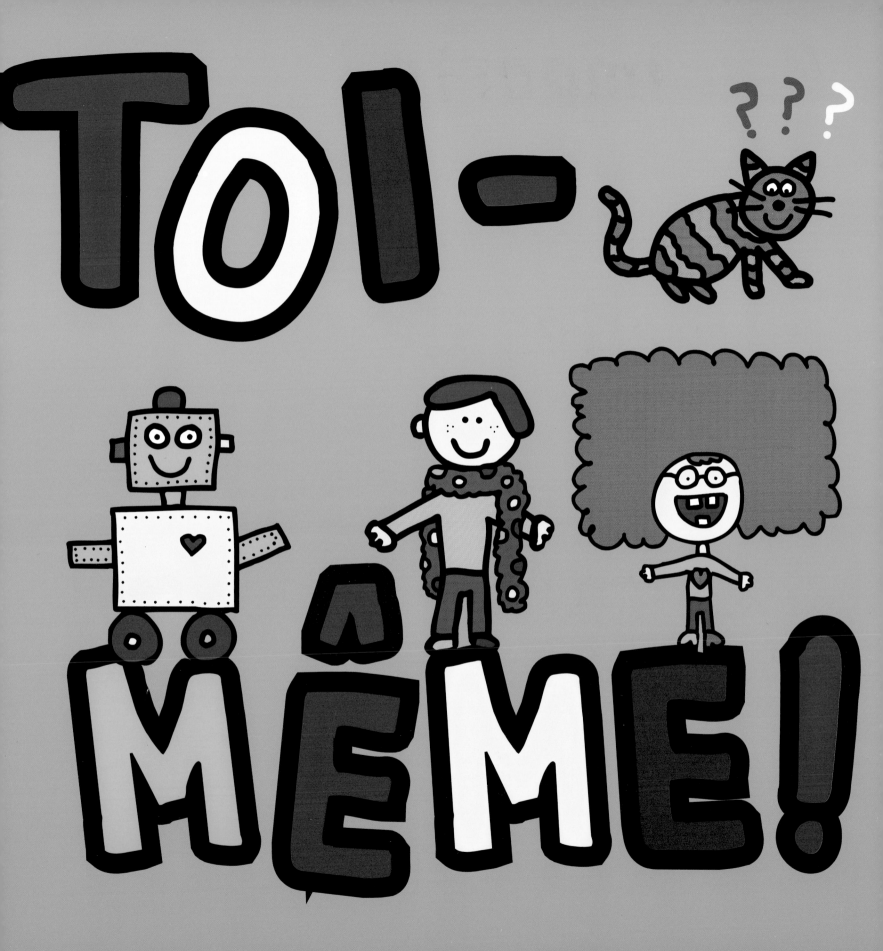

Peu importe la couleur de ta peau, tes origines ou celles de ta famille, tout le monde a besoin d'amour. Alors, aime qui tu es et surtout, sois toi-même! Fin.

Avec amour,
Todd